한글

超入門

韓語
字母教室

全新修訂版

繽紛外語編輯小組 編著

金玟志 審訂

編者的話

　　這幾年因為韓劇盛行，不少人為了想聽懂韓劇裡男女主角的對話內容，掀起一股韓語學習風潮。那韓語到底是怎樣的一種文字呢？韓語字母是一項科學性的發明，在十五世紀朝鮮時代由世宗大王，召集集賢殿眾多語言學家所創造出來的表音文字，又稱為「訓民正音」，意思是教導百姓學習正確的字音。《訓民正音》以簡單易學為宗旨，也因此韓國人自古就很少文盲。

　　韓國文字看起來方方正正，就像是一塊塊的田地，但韓語字母的創制可是大有來頭的喔！首先，在形體上，子音是仿口腔發音時的形狀，母音則依「天、地、人」形體創制而成的符號。韓語字母的排列方式為：由左而右或從上到下，每一個韓文字都是由2至4個字母所組成，每一個字代表一個音節，單獨的母音字母或子音字母，都無法成為一個韓文字；不管母音、子音如何排列組合，一定要先子音後加母音。

　　《超入門韓語字母教室　全新修訂版》不但介紹基礎母音、複合母音、基礎子音、激音及硬音共40個字母，以及10類生活實用單字，這次更提供幫助初學者學習正確發音的韓語標準發音MP3，絕對可以讓你在習寫的過程中，輕鬆背下超過250個單字！

　　繽紛外語編輯小組為了更增進初學者的學習信心，《超入門韓語字母教室　全新修訂版》全書特別以注音符號標音，更方便初學者記憶，增加學習成效。

　　祝
　　學習愉快！

繽紛外語編輯小組

如何使用本書

MP3-02

聽聽看

搭配聆聽標準朗讀 MP3，發音技巧一次掌握！

字母筆順教學

依照筆順練習，寫出最正確的字！

寫寫看

寫一寫，記得牢！學完立刻練習，才不會學過就忘！

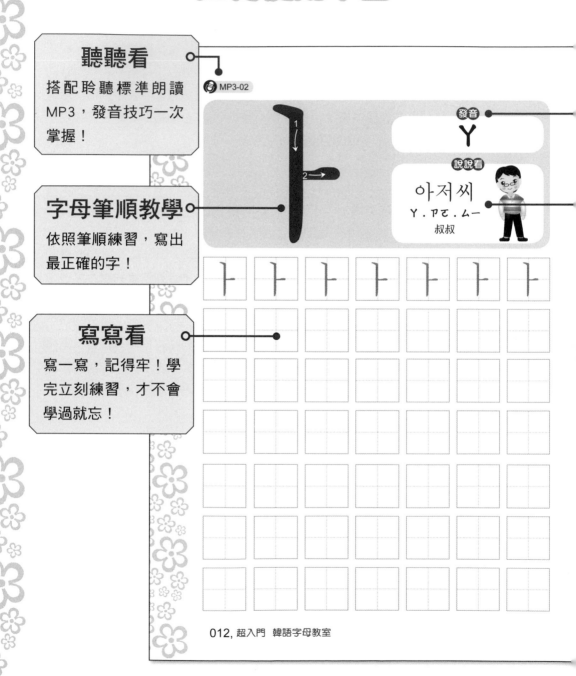

發音

ㄚ

說說看

아저씨
ㄚ．ㄗㄛ．ㄙㄧ
叔叔

012, 超入門　韓語字母教室

發音

用注音符號輔助發音，好學好記！

說說看

學完一個字母，用相關單字輔助，可以現學現賣！

實用單詞

精選最貼近生活的實用字彙，練習完韓語字母，單字也記起來了！

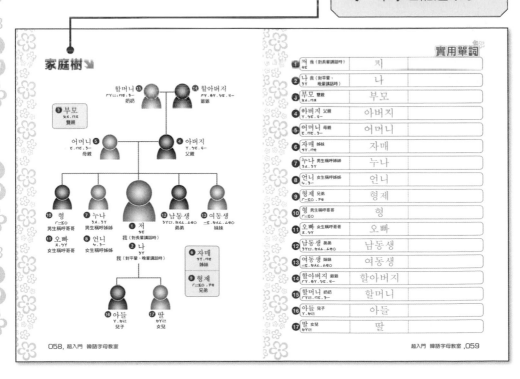

家庭樹

③ 부모
ㄆㄨ.ㄇㄛ
雙親

할머니 ⑮
ㄏㄚㄌ.ㄇㄛ.ㄋ一
奶奶

⑭ 할아버지
ㄏㄚ.ㄌㄚ.ㄅㄛ.ㄐ一
爺爺

어머니 ⑤
ㄛ.ㄇㄛ.ㄋ一
母親

④ 아버지
ㄚ.ㄅㄛ.ㄐ一
父親

⑩ 형
ㄏㄧㄛㄥ
男生稱呼哥哥

⑦ 누나
ㄋㄨ.ㄋㄚ
男生稱呼姊姊

① 저
ㄘㄛ
我（對長輩講話時）

② 나
ㄋㄚ
我（對平輩、晚輩講話時）

⑫ 남동생
ㄋㄚㄇ.ㄉㄨㄥ.ㄙㄝㄥ
弟弟

⑬ 여동생
ㄋㄧㄛ.ㄉㄨㄥ.ㄙㄝㄥ
妹妹

⑪ 오빠
ㄛ.ㄅㄚ
女生稱呼哥哥

⑧ 언니
ㄛㄋ.ㄋ一
女生稱呼姊姊

⑥ 자매
ㄘㄚ.ㄇㄝ
姊妹

⑨ 형제
ㄏㄧㄛㄥ.ㄘㄝ
兄弟

⑯ 아들
ㄚ.ㄉㄩㄌ
兒子

⑰ 딸
ㄉㄚㄌ
女兒

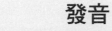 實用單詞

	韓語	練習
① 저 我（對長輩講話時）ㄘㄛ	저	
② 나 我（對平輩、晚輩講話時）ㄋㄚ	나	
③ 부모 雙親 ㄆㄨ.ㄇㄛ	부모	
④ 아버지 父親 ㄚ.ㄅㄛ.ㄐ一	아버지	
⑤ 어머니 母親 ㄛ.ㄇㄛ.ㄋ一	어머니	
⑥ 자매 姊妹 ㄘㄚ.ㄇㄝ	자매	
⑦ 누나 男生稱呼姊姊 ㄋㄨ.ㄋㄚ	누나	
⑧ 언니 女生稱呼姊姊 ㄛㄋ.ㄋ一	언니	
⑨ 형제 兄弟 ㄏㄧㄛㄥ.ㄘㄝ	형제	
⑩ 형 男生稱呼哥哥 ㄏㄧㄛㄥ	형	
⑪ 오빠 女生稱呼哥哥 ㄛ.ㄅㄚ	오빠	
⑫ 남동생 弟弟 ㄋㄚㄇ.ㄉㄨㄥ.ㄙㄝㄥ	남동생	
⑬ 여동생 妹妹 ㄋㄧㄛ.ㄉㄨㄥ.ㄙㄝㄥ	여동생	
⑭ 할아버지 爺爺 ㄏㄚ.ㄌㄚ.ㄅㄛ.ㄐ一	할아버지	
⑮ 할머니 奶奶 ㄏㄚㄌ.ㄇㄛ.ㄋ一	할머니	
⑯ 아들 兒子 ㄚ.ㄉㄩㄌ	아들	
⑰ 딸 女兒 ㄉㄚㄌ	딸	

基本母音 第一單元 **11**

複合母音 第二單元 **23**

韓語字母表

MP3-01

		字首音	非字首	基本母音			
				ㅏ	ㅑ	ㅓ	ㅕ
				ㄚ	ㄧㄚ	ㄛ	ㄧㄛ
基本子音	ㄱ	ㄎ	ㄍ	가 ㄎㄚ	갸 ㄎㄧㄚ	거 ㄎㄛ	겨 ㄎㄧㄛ
	ㄴ	ㄋ	ㄋ	나 ㄋㄚ	냐 ㄋㄧㄚ	너 ㄋㄛ	녀 ㄋㄧㄛ
	ㄷ	ㄊ	ㄉ	다 ㄊㄚ	댜 ㄊㄧㄚ	더 ㄊㄛ	뎌 ㄊㄧㄛ
	ㄹ	ㄌ	ㄌ	라 ㄌㄚ	랴 ㄌㄧㄚ	러 ㄌㄛ	려 ㄌㄧㄛ
	ㅁ	ㄇ	ㄇ	마 ㄇㄚ	먀 ㄇㄧㄚ	머 ㄇㄛ	며 ㄇㄧㄛ
	ㅂ	ㄆ	ㄅ	바 ㄆㄚ	뱌 ㄆㄧㄚ	버 ㄆㄛ	벼 ㄆㄧㄛ
	ㅅ	ㄙ	ㄙ/ㄒ	사 ㄙㄚ	샤 ㄙㄧㄚ	서 ㄙㄛ	셔 ㄙㄧㄛ
	ㅇ	無聲		아 ㄚ	야 ㄧㄚ	어 ㄛ	여 ㄧㄛ
	ㅈ	ㄘ	ㄗ/ㄐ	자 ㄘㄚ	쟈 ㄘㄧㄚ	저 ㄘㄛ	져 ㄘㄧㄛ
	ㅊ	ㄘ	ㄘ/ㄑ	차 ㄘㄚ	챠 ㄘㄧㄚ	처 ㄘㄛ	쳐 ㄘㄧㄛ
	ㅋ	ㄎ	ㄎ	카 ㄎㄚ	캬 ㄎㄧㄚ	커 ㄎㄛ	켜 ㄎㄧㄛ
	ㅌ	ㄊ	ㄊ	타 ㄊㄚ	탸 ㄊㄧㄚ	터 ㄊㄛ	텨 ㄊㄧㄛ
	ㅍ	ㄆ	ㄆ	파 ㄆㄚ	퍄 ㄆㄧㄚ	퍼 ㄆㄛ	펴 ㄆㄧㄛ
	ㅎ	ㄏ	ㄏ	하 ㄏㄚ	햐 ㄏㄧㄚ	허 ㄏㄛ	혀 ㄏㄧㄛ
雙子音	ㄲ	ㄍ	ㄍ	까 ㄍㄚ	꺄 ㄍㄧㄚ	꺼 ㄍㄛ	껴 ㄍㄧㄛ
	ㄸ	ㄉ	ㄉ	따 ㄉㄚ	땨 ㄉㄧㄚ	떠 ㄉㄛ	뗘 ㄉㄧㄛ
	ㅃ	ㄅ	ㄅ	빠 ㄅㄚ	뺘 ㄅㄧㄚ	뻐 ㄅㄛ	뼈 ㄅㄧㄛ
	ㅆ	ㄙ	ㄙ	싸 ㄙㄚ	쌰 ㄙㄧㄚ	써 ㄙㄛ	쎠 ㄙㄧㄛ
	ㅉ	ㄗ	ㄗ	짜 ㄗㄚ	쨔 ㄗㄧㄚ	쩌 ㄗㄛ	쪄 ㄗㄧㄛ

基 本 母 音

ㅗ	ㅛ	ㅜ	ㅠ	ㅡ	ㅣ
ㄡ	<u>一</u>ㄡ	ㄨ	<u>一</u>ㄨ		一
고 ㄎㄡ	교 ㄎ<u>一</u>ㄡ	구 ㄎㄨ	규 ㄎ<u>一</u>ㄨ	그	기 ㄎ<u>一</u>
노 ㄋㄡ	뇨 ㄋ<u>一</u>ㄡ	누 ㄋㄨ	뉴 ㄋ<u>一</u>ㄨ	느	니 ㄋ<u>一</u>
도 ㄊㄡ	됴 ㄊ<u>一</u>ㄡ	두 ㄊㄨ	듀 ㄊ<u>一</u>ㄨ	드	디 ㄊ<u>一</u>
로 ㄌㄡ	료 ㄌ<u>一</u>ㄡ	루 ㄌㄨ	류 ㄌ<u>一</u>ㄨ	르	리 ㄌ<u>一</u>
모 ㄇㄡ	묘 ㄇ<u>一</u>ㄡ	무 ㄇㄨ	뮤 ㄇ<u>一</u>ㄨ	므	미 ㄇ<u>一</u>
보 ㄆㄡ	뵤 ㄆ<u>一</u>ㄡ	부 ㄆㄨ	뷰 ㄆ<u>一</u>ㄨ	브	비 ㄆ<u>一</u>
소 ㄙㄡ	쇼 ㄙ<u>一</u>ㄡ	수 ㄙㄨ	슈 ㄙ<u>一</u>ㄨ	스	시 ㄒ一
오 ㄡ	요 <u>一</u>ㄡ	우 ㄨ	유 <u>一</u>ㄨ	으	이 一
조 ㄘㄡ	죠 ㄘ<u>一</u>ㄡ	주 ㄘㄨ	쥬 ㄘ<u>一</u>ㄨ	즈	지 ㄐ一
초 ㄘㄡ	쵸 ㄘ<u>一</u>ㄡ	추 ㄘㄨ	츄 ㄘ<u>一</u>ㄨ	츠	치 ㄑ一
코 ㄎㄡ	쿄 ㄎ<u>一</u>ㄡ	쿠 ㄎㄨ	큐 ㄎ<u>一</u>ㄨ	크	키 ㄎ一
토 ㄊㄡ	툐 ㄊ<u>一</u>ㄡ	투 ㄊㄨ	튜 ㄊ<u>一</u>ㄨ	트	티 ㄊ一
포 ㄆㄡ	표 ㄆ<u>一</u>ㄡ	푸 ㄆㄨ	퓨 ㄆ<u>一</u>ㄨ	프	피 ㄆ一
호 ㄏㄡ	효 ㄏ<u>一</u>ㄡ	후 ㄏㄨ	휴 ㄏ<u>一</u>ㄨ	흐	히 ㄏ一
꼬 ㄍㄡ	꾜 ㄍ<u>一</u>ㄡ	꾸 ㄍㄨ	뀨 ㄍ<u>一</u>ㄨ	ㄲ	끼 ㄍ一
또 ㄉㄡ	뚀 ㄉ<u>一</u>ㄡ	뚜 ㄉㄨ	뜌 ㄉ<u>一</u>ㄨ	뜨	띠 ㄉ一
뽀 ㄅㄡ	뾰 ㄅ<u>一</u>ㄡ	뿌 ㄅㄨ	쀼 ㄅ<u>一</u>ㄨ	쁘	삐 ㄅ一
쏘 ㄙㄡ	쑈 ㄙ<u>一</u>ㄡ	쑤 ㄙㄨ	쓔 ㄙ<u>一</u>ㄨ	쓰	씨 ㄙ一
쪼 ㄗㄡ	쬬 ㄗ<u>一</u>ㄡ	쭈 ㄗㄨ	쮸 ㄗ<u>一</u>ㄨ	쯔	찌 ㄗ一

備註 1. 在注音下方加底線的音，如「<u>一ㄚ</u>」，唸的時候，速度要快一點。

　　　 2.「一」沒有適當的注音符號可以標音。

韓語文字結構 + 收尾音

一、韓語文字結構

韓語字母的排列組合有好多種，大致分成二類：

結構1 二個韓語字母組合：

例如：아、다、리、여　　　　　例如：구、우、교、도

結構2 三個以上韓語字母組合：

例如：할、딸、닭、읽　　　　　例如：콥、둘、몫、굶

二、韓語收尾音

韓語文字結構中，當出現三個及三個以上的字母組合時，就會有當作「收尾音」的子音。韓語中一共有二十七個子音組合，可以作為「收尾音」，歸納起分成七類：ㄱ、ㄴ、ㄷ、ㄹ、ㅁ、ㅂ、ㅇ。

第一單元
基本母音

　　韓語基本母音共有10個：ㅏ、ㅑ、ㅓ、ㅕ、ㅗ、ㅛ、ㅜ、ㅠ、ㅡ、ㅣ。只是單一個母音是無法稱為完整的字，所以請趕快把基本母音背起來，再學好基本子音喔！

備註 在注音下方加底線的音，如「ㄧㄚ」，唸的時候，速度要快一點。

發音

ㅏ

說說看

아저씨

ㄚ．ㄗㄜ．ㄙㄧ

叔叔

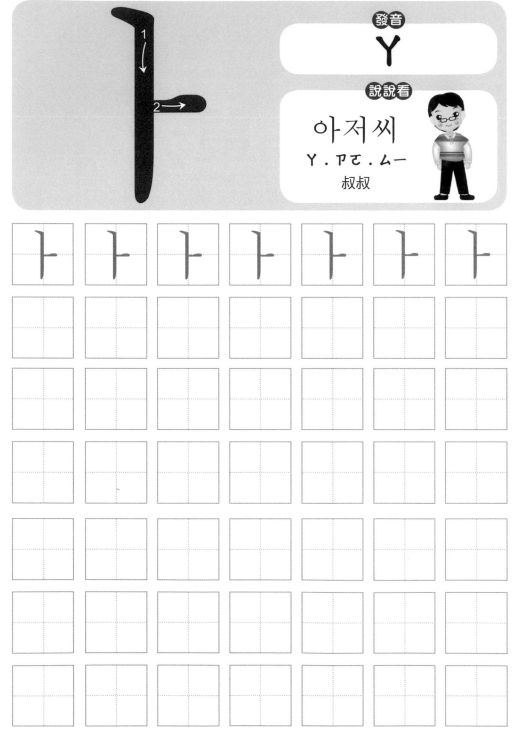

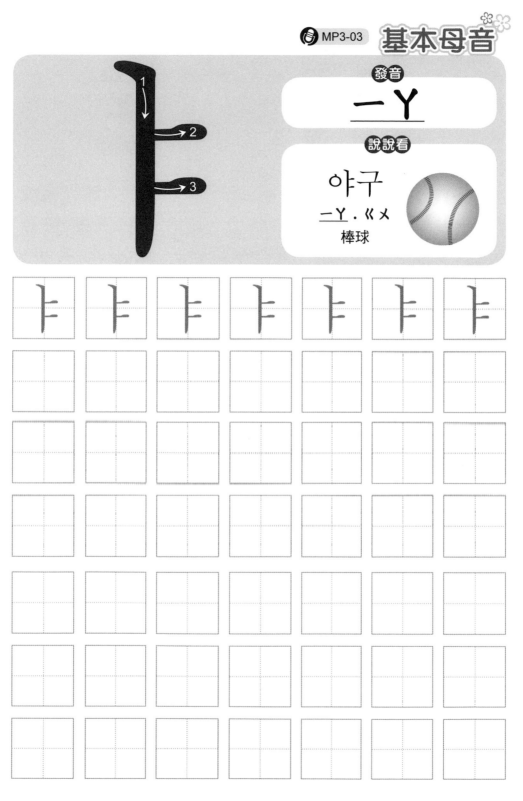

發音

ㄧㄚ

說說看

야구

ㄧㄚ˙ㄍㄨ

棒球

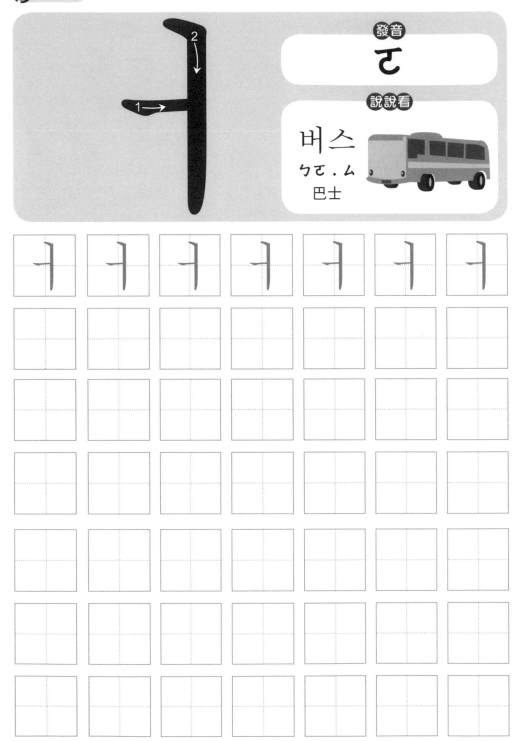

發音

ㄜ

說說看

버스
ㄅㄜ．ㄙㄨ
巴士

發音

ㄧㄛ

說說看

여우
ㄧㄛ˙ㄨ
狐狸

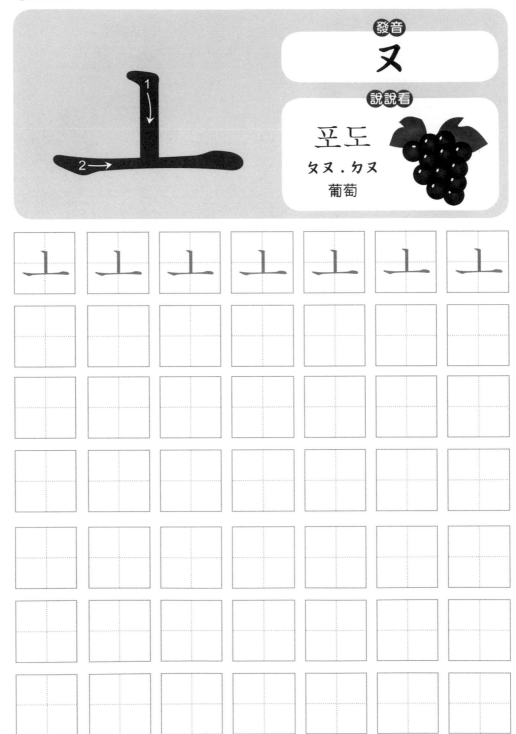

發音

ㄡ

說說看

포도

ㄆㄡ · ㄉㄡ

葡萄

發音

ㄧㄡ

說說看

요리
ㄧㄡ · ㄌㄧ
料理

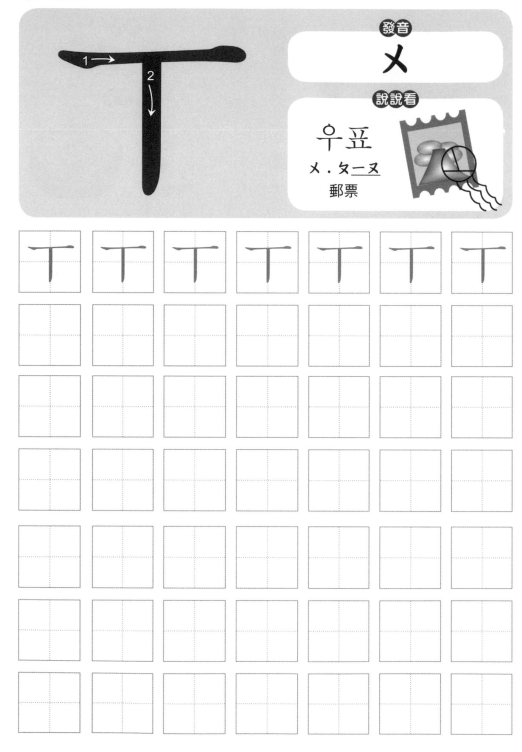

發音

ㄨ

說說看

우표
ㄨ．ㄆㄧㄡ
郵票

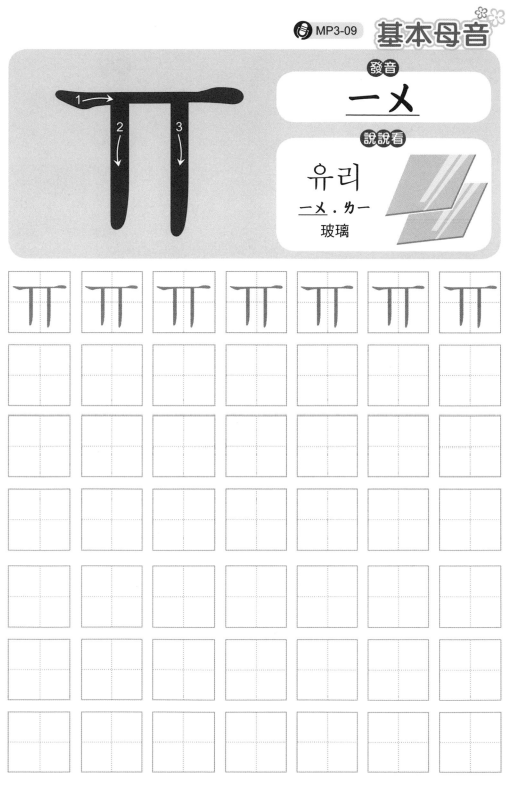

發音

一ㄨ

說說看

유리
一ㄨ．ㄌ一
玻璃

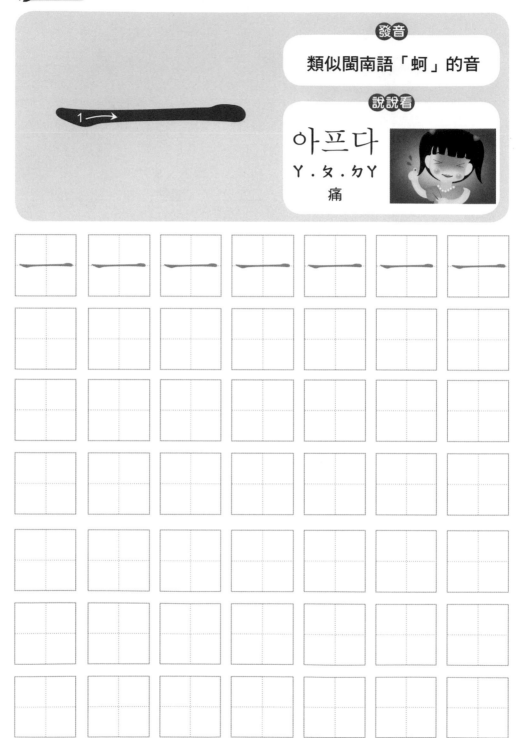

MP3-10

發音

類似閩南語「蚵」的音

說說看

아프다

Ｙ．ㄆ．ㄉＹ

痛

發音

一

說說看

기차
ㄎㄧ．ㄘㄚ
火車

MEMO

第二單元
複合母音

　　韓語複合母音共有11個：ㅐ、ㅒ、ㅔ、ㅖ、ㅘ、ㅙ、ㅚ、ㅝ、ㅞ、ㅟ、ㅢ。「**複合母音**」顧名思義，就是將不同母音組合而成的新母音，只要能熟記基本母音，複合母音一點都不難！

備註 在注音下方加底線的音，如「ㄧ<u>ㄚ</u>」，唸的時候，速度要快一點。

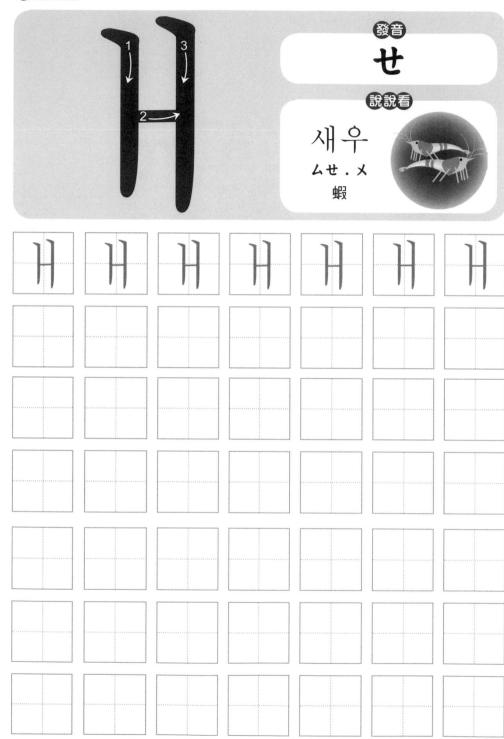

發音

ㅐ

說說看

새우

ㄙㅔ.ㄨ

蝦

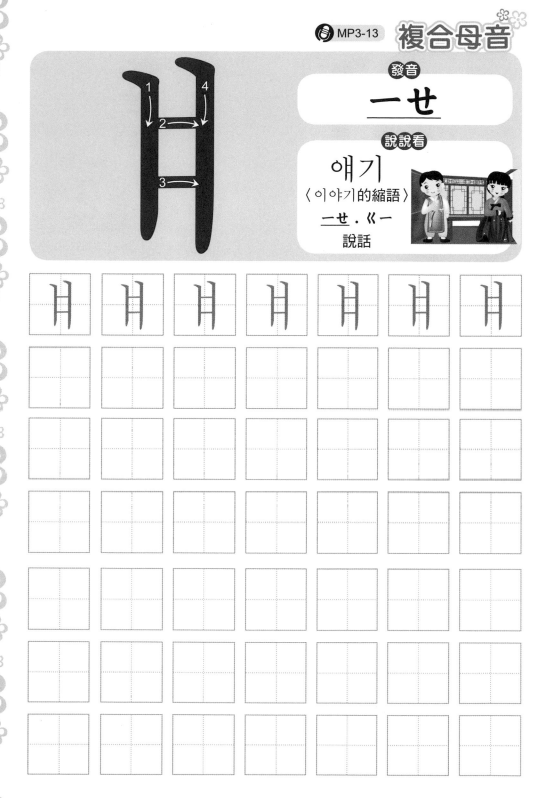

發音

ㅖ

說說看

애기
〈이야기的縮語〉

ㅖ·ㄍㅣ
說話

ㅒ	ㅒ	ㅒ	ㅒ	ㅒ	ㅒ	ㅒ

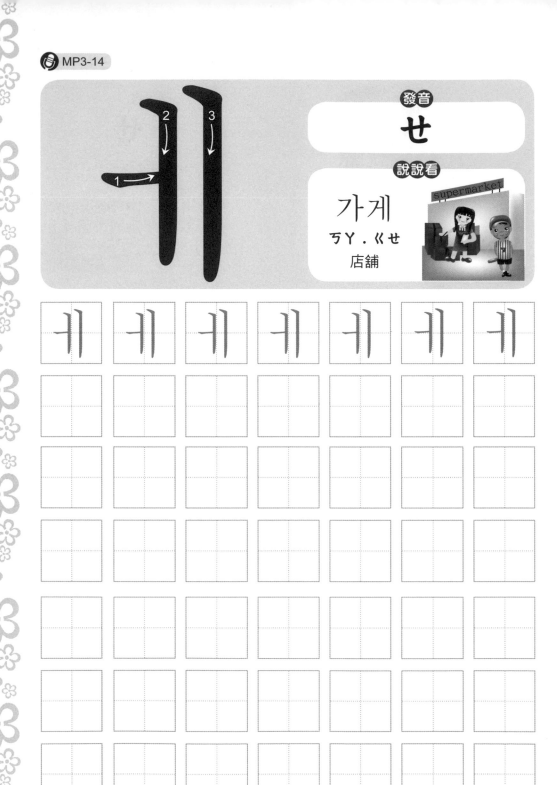

發音

ㅔ

說說看

가게
ㄎㄚ.ㄍㅔ
店舖

發音

一せ

說說看

예뻐요

一せ · ㄅㄛ · 一ㄡ

很漂亮

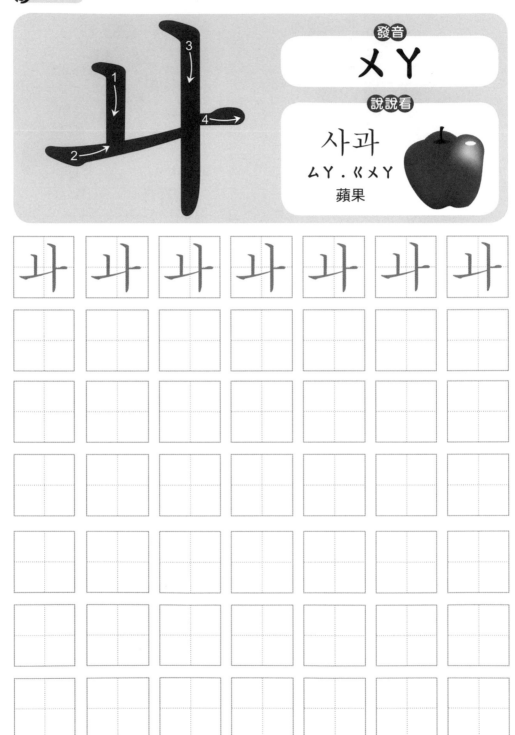

發音

ㄨㄚ

說說看

사과
ㄙㄚ．ㄍㄨㄚ
蘋果

과 과 과 과 과 과 과

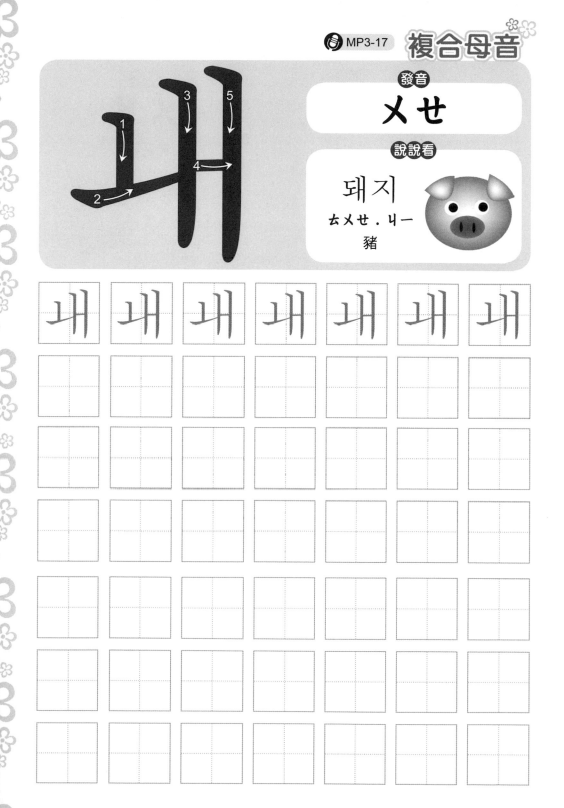

發音

ㄨㄝ

說說看

돼지

ㄊㄨㄝ．ㄐㄧ

豬

내 내 내 내 내 내 내

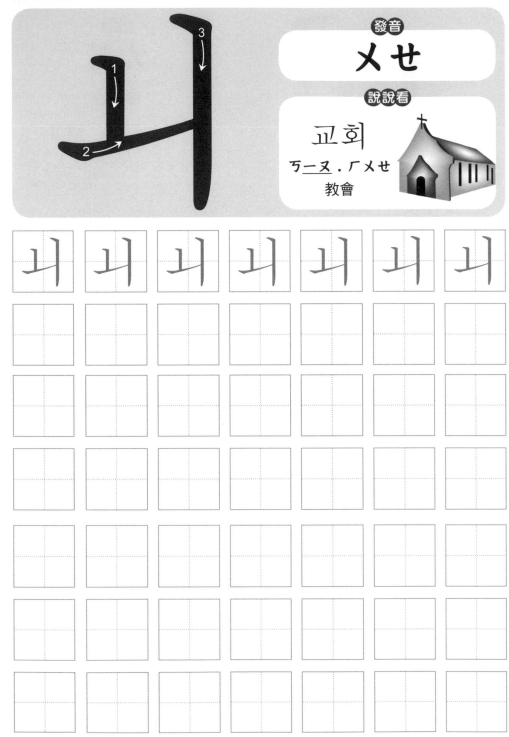

發音

ㄨㄝ

說說看

교회

ㄎㄧㄡˊ·ㄏㄨㄝ

教會

ㅓ

發音

ㄨㄛ

說說看

더워요

ㄊㄛ · ㄨㄛ · 一ㄡ

熱

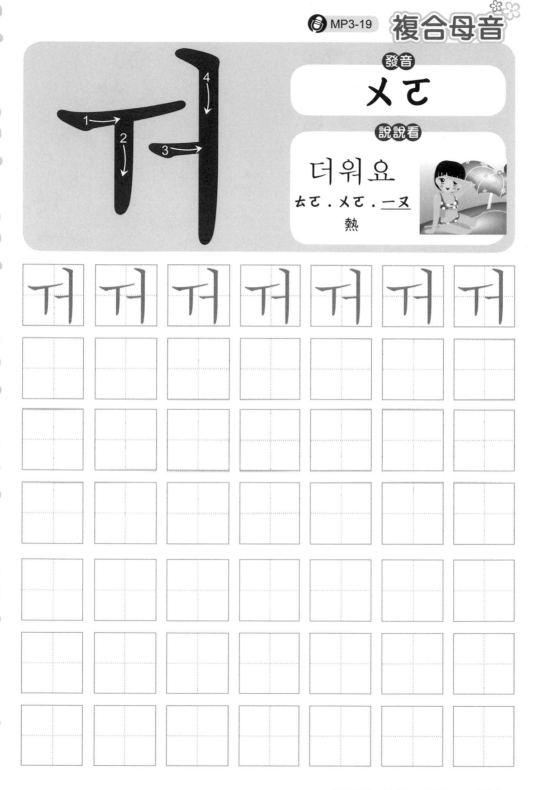

發音

ㄨㄝ

說說看

웨이터

ㄨㄝ．ㄧ．ㄊㄛ

男服務生

發音

ㅟ

說說看

쥐
ㅈㅟ
鼠

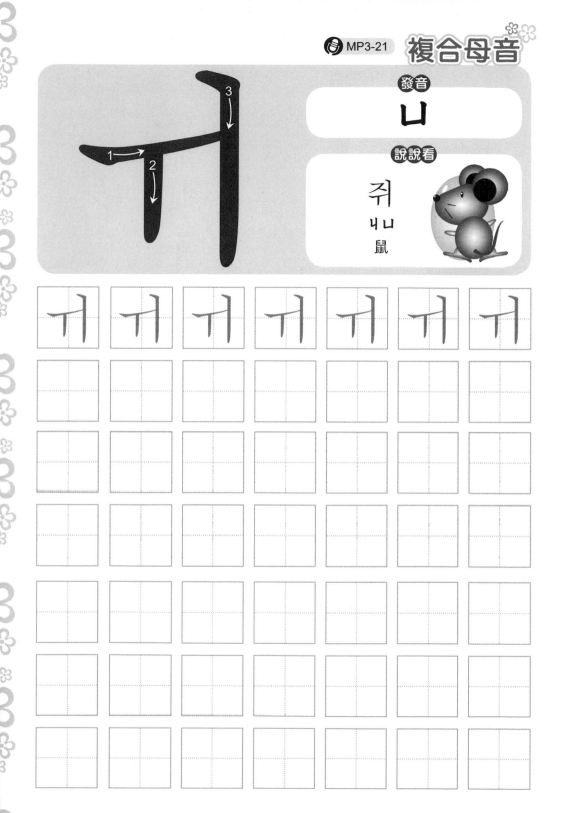

ㅟ ㅟ ㅟ ㅟ ㅟ ㅟ ㅟ

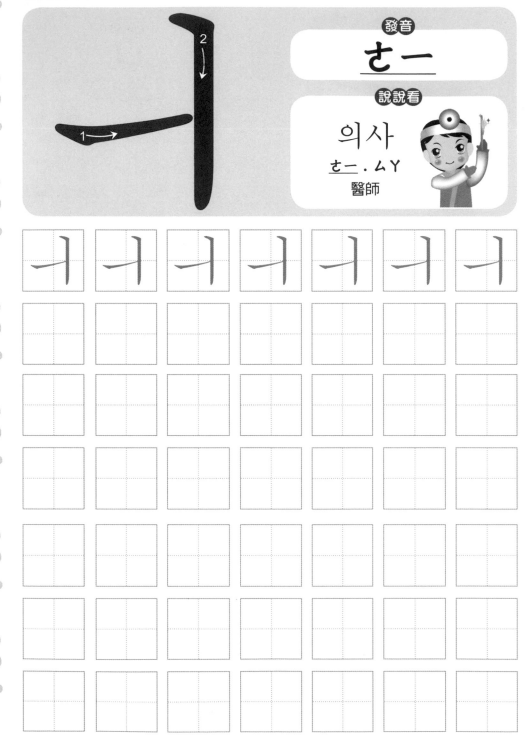

發音

ㄜㄧ

說說看

의사

ㄜㄧ・ㄙㄚ

醫師

第三單元
基本子音

　　韓語基本子音共有10個：ㄱ、ㄴ、ㄷ、ㄹ、ㅁ、ㅂ、ㅅ、ㅇ、ㅈ、ㅎ。其中「ㅇ」無法獨立發音，必須依靠母音來發音；基本子音也可以當作「收尾音」來用。

備註 在注音下方加底線的音，如「ㄧㄚ」，唸的時候，速度要快一點。

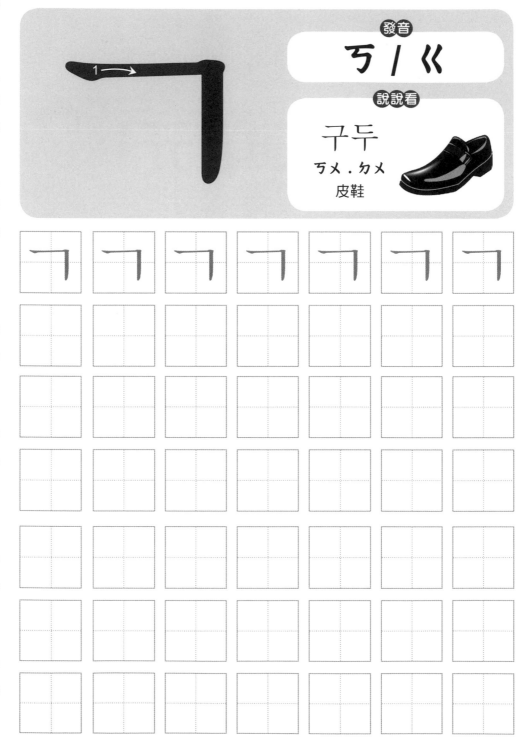

發音

ㄎ / ㄍ

說說看

구두

ㄎㄨ．ㄉㄨ

皮鞋

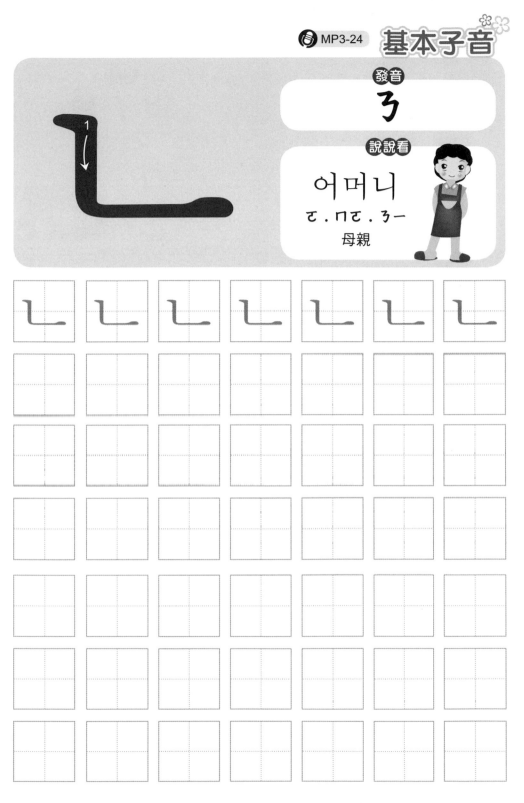

發音

ㄋ

說說看

어머니

ㄜ．ㄇㄜ．ㄋㄧ

母親

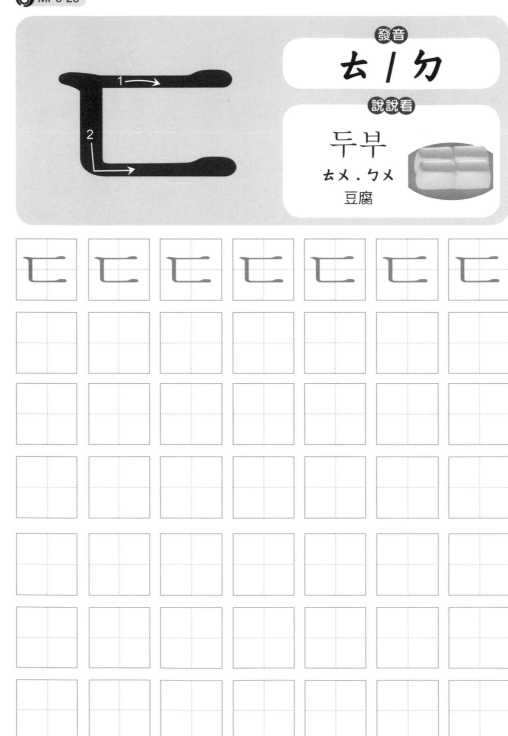

發音

ㄊ / ㄉ

說說看

두부

ㄊㄨ . ㄅㄨ

豆腐

發音

ㄌ

說說看

라디오
ㄌㄚ．ㄉㄧ－．ㄡ
收音機

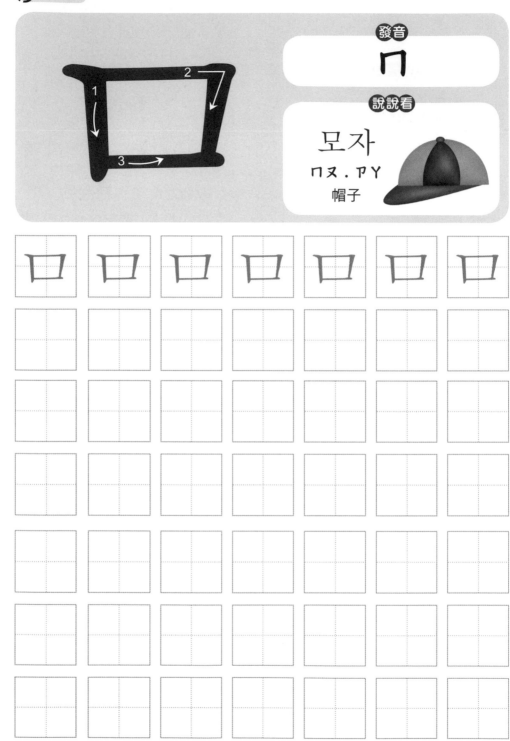

發音

ㅁ

說說看

모자
ㄇㄡ．ㄗㄚ
帽子

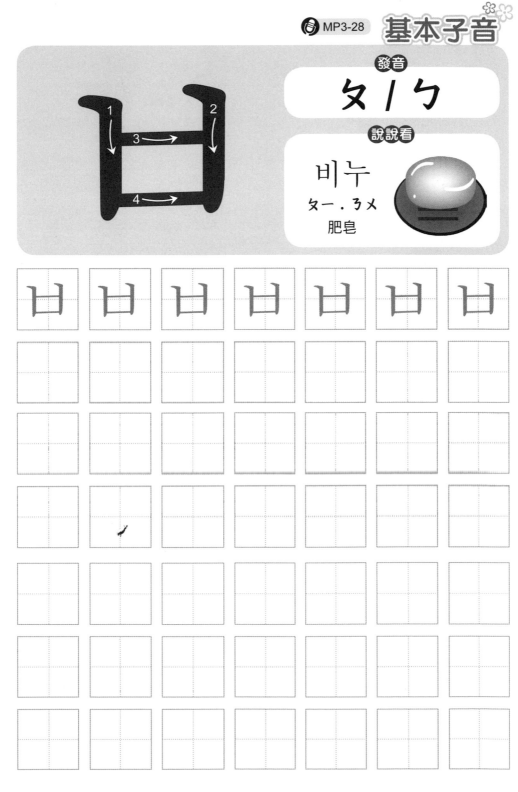

發音

ㄆ / ㄅ

說說看

비누
ㄆㄧ．ㄋㄨ
肥皂

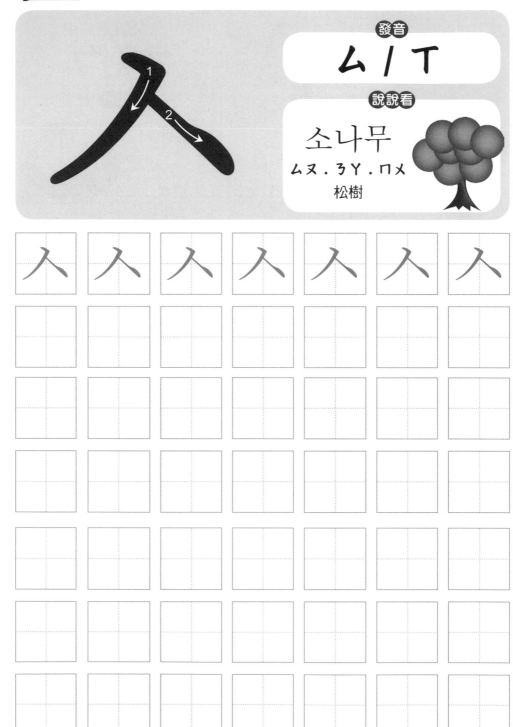

發音

ㅅ / ㅜ

說說看

소나무
ㅅㅈ.ㄋㅏ.ㅁㅜ
松樹

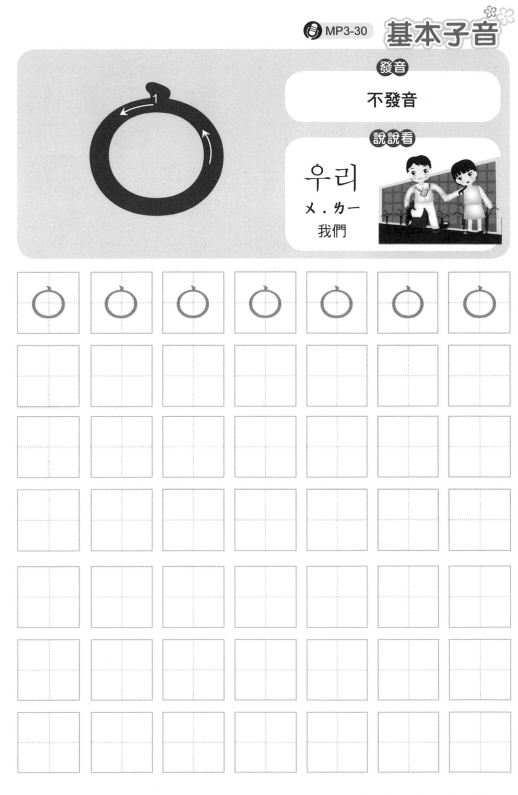

發音

不發音

說說看

우리
ㄨ．ㄌㄧ
我們

發音

ㄘ / ㄗ / ㄐ

說說看

여자

ㄧㄛ‧ㄗㄚ

女生

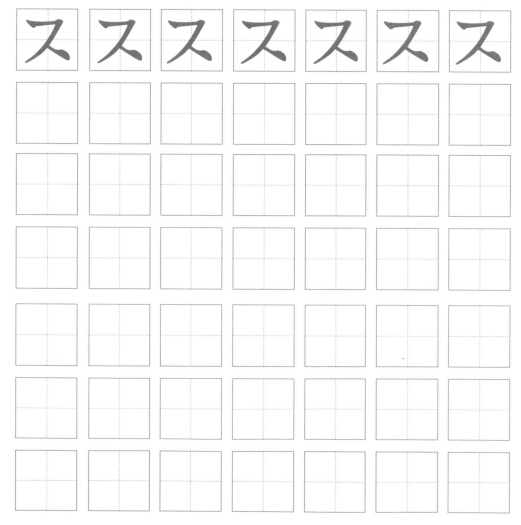

發音

ㄏ

說說看

휴지
ㄏㄧㄨ˙ㄐㄧ
衛生紙、廢紙

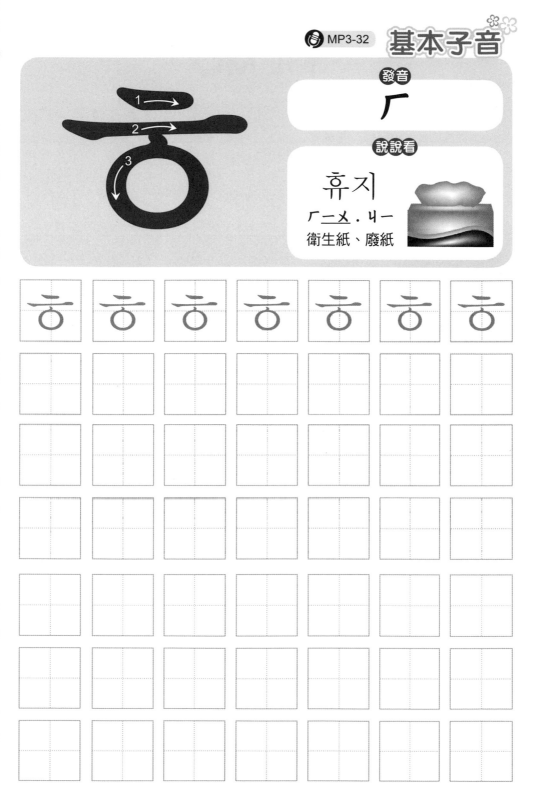

MEMO

第四單元
激音、硬音

　　韓語除了10個基本子音之外，子音中還有激音4個：ㅋ、ㅊ、ㅌ、ㅍ，以及硬音5個：ㄲ、ㄸ、ㅃ、ㅆ、ㅉ。激音的發音就像是發ㄍ、ㄓ、ㄉ、ㄅ這4個音時帶有氣音；而硬音則是將ㄱ、ㄷ、ㅂ、ㅅ、ㅈ像是發注音聲調「四聲」時用力發音。在這裡，激音、硬音的發音方法要特別注意！

備註 在注音下方加底線的音，如「一Ｙ」，唸的時候，速度要快一點。

發音

ㅊ / ㅋ

說說看

차
ㄔㄚ
茶、車

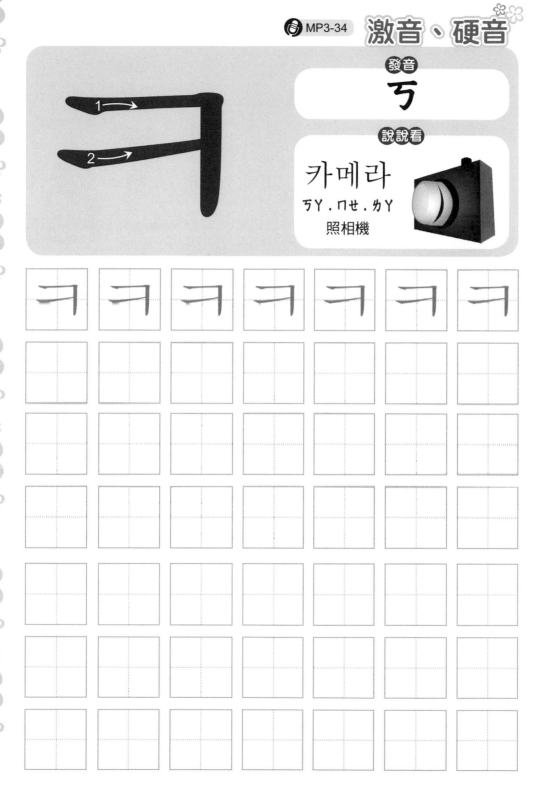

發音

ㄎ

說說看

카메라
ㄎㄚ.ㄇㄝ.ㄌㄚ
照相機

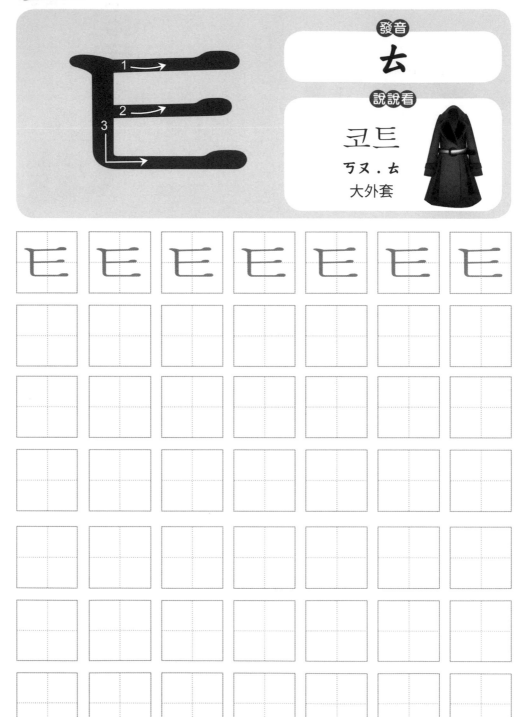

發音

ㄊ

說說看

코트

ㄎㄡ . ㄊ

大外套

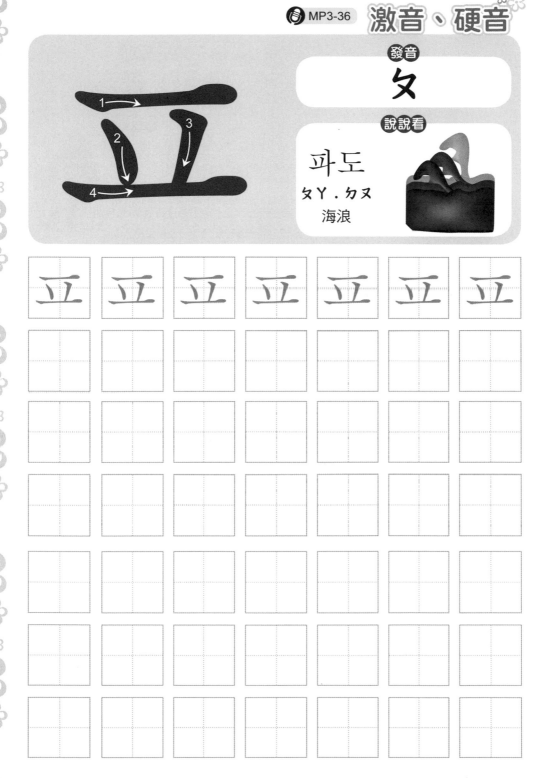

發音

ㄆ

說說看

파도

ㄆㄚ˙ㄉㄡ

海浪

發音

ㄍ

說說看

코끼리

ㄎㄡ．ㄍㄧ．ㄌㅣ

大象

發音

ㄅ

說說看

머리띠

ㄇㄛ．ㄌㄧˉ．ㄅㄧˉ

髮箍

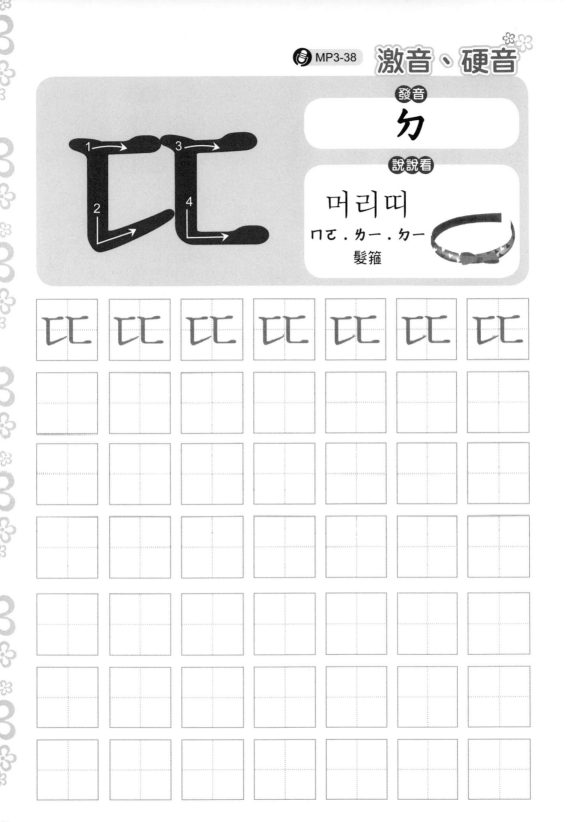

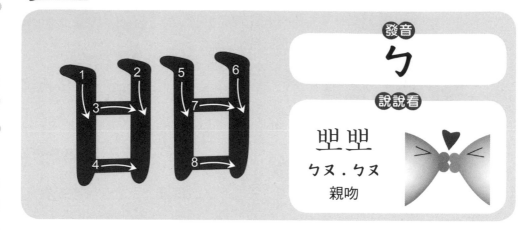

發音

ㄅ

說說看

뽀뽀
ㄅㄡ·ㄅㄡ
親吻

發音

ㄙ

說說看

쌍둥이

ㄙㄤ · ㄉㄨㄥ · ㄧ

雙胞胎

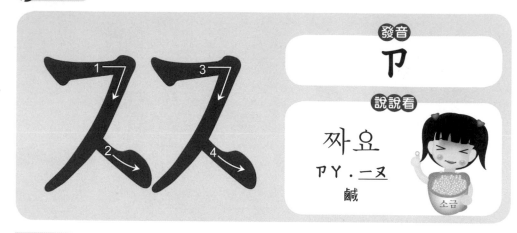

發音

ㄗ

說說看

짜요
ㄗㄚ‧ㄧㄡ
鹹

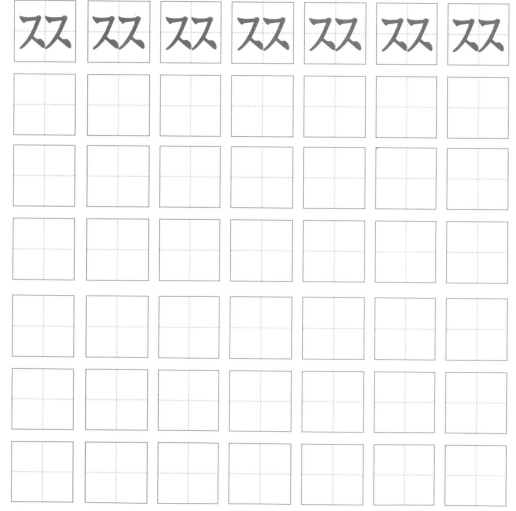

ㅈㅈ ㅈㅈ ㅈㅈ ㅈㅈ ㅈㅈ ㅈㅈ ㅈㅈ

第五單元

實用單詞

本單元精心整理出十類生活常用單字：
「家庭樹」、「韓國重要地名」、「菜單」、
「交通工具」、「蔬菜」、「水果」、「顏色」、
「時間、季節」、「動物」、「數字」，輕輕
鬆鬆增加你的單字量！

備註 在注音下方加底線的音，如「ㄧㄚ」，唸的時候，速度要快一點。

家庭樹 → 🎧 MP3-42

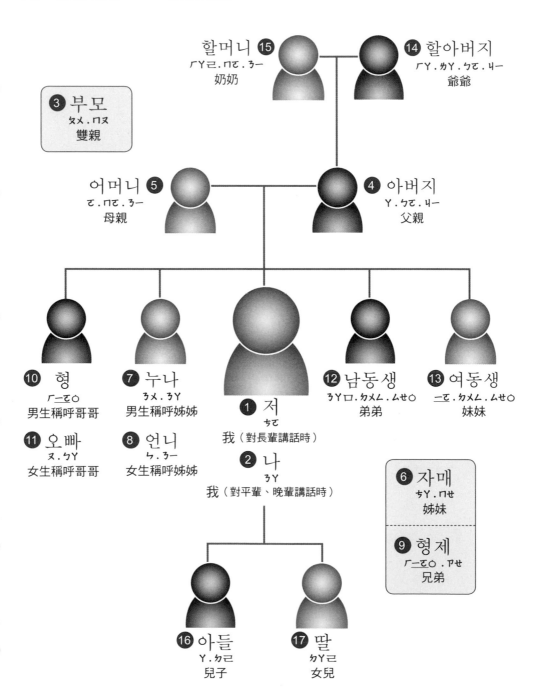

할머니 ⑮
ㄏㄚㄌ.ㄇㄛ.ㄋ一
奶奶

⑭ 할아버지
ㄏㄚ.ㄌㄚ.ㄅㄛ.ㄐ一
爺爺

❸ 부모
ㄆㄨ.ㄇㄛ
雙親

어머니 ❺
ㄛ.ㄇㄛ.ㄋ一
母親

❹ 아버지
ㄚ.ㄅㄛ.ㄐ一
父親

⑩ 형
ㄏㄧㄛㄥ
男生稱呼哥哥

❼ 누나
ㄋㄨ.ㄋㄚ
男生稱呼姊姊

① 저
ㄘㄛ
我（對長輩講話時）

② 나
ㄋㄚ
我（對平輩、晚輩講話時）

⑫ 남동생
ㄋㄚㄇ.ㄉㄨㄥ.ㄙㄝㄥ
弟弟

⑬ 여동생
一ㄛ.ㄉㄨㄥ.ㄙㄝㄥ
妹妹

⑪ 오빠
ㄡ.ㄅㄚ
女生稱呼哥哥

❽ 언니
ㄛㄋ.ㄋ一
女生稱呼姊姊

❻ 자매
ㄘㄚ.ㄇㄝ
姊妹

❾ 형제
ㄏㄧㄛㄥ.ㄐㄝ
兄弟

⑯ 아들
ㄚ.ㄉㄌ
兒子

⑰ 딸
ㄉㄚㄌ
女兒

読一読，寫一寫，把這些字都記下來吧！

1	저 我（對長輩講話時） ちㄜ	저	
2	나 我（對平輩、晚輩講話時） ㄋㄚ	나	
3	부모 雙親 ㄆㄨ.ㄇㄡ	부모	
4	아버지 父親 ㄚ.ㄅㄜ.ㄐㄧ	아버지	
5	어머니 母親 ㄜ.ㄇㄜ.ㄋㄧ	어머니	
6	자매 姊妹 ちㄚ.ㄇㄝ	자매	
7	누나 男生稱呼姊姊 ㄋㄨ.ㄋㄚ	누나	
8	언니 女生稱呼姊姊 ㄣ.ㄋㄧ	언니	
9	형제 兄弟 ㄏㄧㄛㄥ.ㄗㄝ	형제	
10	형 男生稱呼哥哥 ㄏㄧㄛㄥ	형	
11	오빠 女生稱呼哥哥 ㄡ.ㄅㄚ	오빠	
12	남동생 弟弟 ㄋㄚㄇ.ㄉㄨㄥ.ㄙㄝㄥ	남동생	
13	여동생 妹妹 ㄧㄜ.ㄉㄨㄥ.ㄙㄝㄥ	여동생	
14	할아버지 爺爺 ㄏㄚ.ㄌㄚ.ㄅㄜ.ㄐㄧ	할아버지	
15	할머니 奶奶 ㄏㄚㄌ.ㄇㄜ.ㄋㄧ	할머니	
16	아들 兒子 ㄚ.ㄉㄌ	아들	
17	딸 女兒 ㄉㄚㄌ	딸	

韓國重要地名→ 🎧 MP3-43

北韓

南韓

⑩

⑪

①

②

⑦

⑨

④

⑥

③

⑧

⑤

首爾地圖→

⑮ ⑬
⑫ ⑭

⑯

1. 서울 首爾
   ㄥㄛ．ㄨㄌ
   서울

2. 인천 仁川
   ㄧㄣ．ㄘㄛㄣ
   인천

3. 부산 釜山
   ㄆㄨ．ㄥㄢ
   부산

4. 경주 慶州
   ㄎㄧㄛㄥ．ㄗㄨ
   경주

5. 제주도 濟州島
   ㄘㄝ．ㄗㄨ．ㄉㄡ
   제주도

6. 대구 大邱
   ㄊㄝ．ㄍㄨ
   대구

7. 대전 大田
   ㄊㄝ．ㄗㄛㄣ
   대전

8. 광주 光州
   ㄎㄨㄤ．ㄗㄨ
   광주

9. 안동 安東
   ㄢ．ㄉㄨㄥ
   안동

10. 춘천 春川
    ㄘㄨㄣ．ㄘㄛㄣ
    춘천

11. 판문점 板門店
    ㄆㄢ．ㄇㄨㄣ．ㄗㄛㄇ
    판문점

12. 명동 明洞
    ㄇㄧㄛㄥ．ㄉㄨㄥ
    명동

13. 인사동 仁寺洞
    ㄧㄣ．ㄥㄚ．ㄉㄨㄥ
    인사동

14. 동대문 東大門
    ㄊㄨㄥ．ㄉㄝ．ㄇㄨㄥ
    동대문

15. 경복궁 景福宮
    ㄎㄧㄛㄥ．ㄅㄡㄍ．ㄍㄨㄥ
    경복궁

16. 여의도 汝矣島
    ㄧㄛ．ㄧ．ㄉㄡ
    여의도

菜單 → *讀一讀，寫一寫，把這些字都記下來吧！* 🎧 MP3-44

① 불고기 銅盤烤肉
ㄆㄨㄹ.ㄎㄡ.ㄍㄧ

불고기

② 돌솥비빔밥 石鍋拌飯
ㄊㄨㄌ.ㄙㄡㄷ.ㄆㄧ.ㄅㄧㅁ.ㄅㄚㅂ

돌솥비빔밥

③ 김밥 紫菜飯捲
ㄎㄧㅁ.ㄅㄚㅂ

김밥

④ 해물파전 海鮮煎餅
ㄏㄝ.ㄇㄨㄌ.ㄆㄚ.ㄗㄣ

해물파전

⑤ 떡볶이 辣炒年糕
ㄉㄛㄍ.ㄅㄡ.ㄍㄧ

떡볶이

⑥ 김치찌개 泡菜鍋
ㄎㄧㅁ.ㄑㄧ.ㄗㄧ.ㄍㄝ

김치찌개

⑦ 순두부찌개 豆腐鍋
ㄙㄨㄣ.ㄊㄨ.ㄅㄨ.ㄗㄧ.ㄍㄝ

순두부찌개

⑧ 감자탕 馬鈴薯豬骨鍋
ㄎㄚㅁ.ㄗㄚ.ㄊㅊ

감자탕

9	짜장면 炸醬麵 ㄗㄚ．ㄗㄤ．ㄇㄧㄛㄣ	짜장면	
10	짬뽕 炒碼麵 ㄗㄚㄇ．ㄅㄡ○	짬뽕	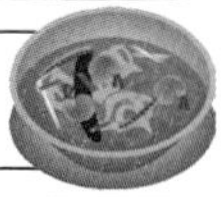
11	냉면 冷麵 ㄋㄝ○．ㄇㄧㄛㄣ	냉면	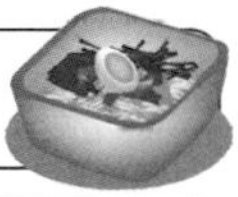
12	삼계탕 人參雞湯 ㄙㄚㄇ．ㄍㄝ．ㄊㄤ	삼계탕	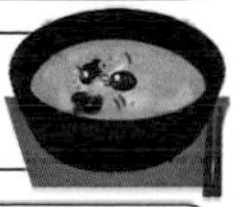
13	떡국 年糕湯 ㄉㄛㄱ．ㄍㄨㄱ	떡국	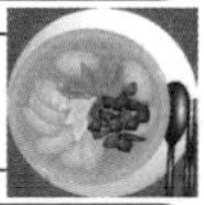
14	미역국 海帶湯 ㄇㄧ．ㄧㄛㄱ．ㄍㄨㄱ	미역국	
15	소주 燒酒 ㄙㄡ．ㄗㄨ	소주	
16	맥주 啤酒 ㄇㄝㄱ．ㄗㄨ	맥주	

交通工具 → *讀一讀，寫一寫，把這些字都記下來吧！* 🎧 MP3-45

1 차 車
ㄔㄚ

차

2 자전거 腳踏車
ㄐㄚ˙ㄗㄛㄣ˙ㄍㄛ

자전거

3 오토바이 摩托車
ㄡ˙ㄊㄡ˙ㄅㄚ˙ㄧ

오토바이

4 택시 計程車
ㄊㄟㄍ˙ㄙㄧ

택시

5 버스 巴士
ㄅㄛ˙ㄙ

버스

6 관광버스 遊覽車
ㄅㄨㄢ˙ㄍㄨㄤ˙ㄅㄛ˙ㄙ

관광버스

7 경찰차 警車
ㄎㄧㄛㄥ˙ㄑㄚㄌ˙ㄔㄚ

경찰차

8 소방차 消防車
ㄙㄡ˙ㄅㄤ˙ㄔㄚ

소방차

9 기차 火車
ㄅㄧ．ㄘㄚ

기차

10 지하철 捷運
ㄐㄧ．ㄏㄚ．ㄘㄛㄹ．ㄧ

지하철

11 고속철도（KTX）高鐵
ㄅㄡ．ㄙㄡㄱ．ㄘㄛㄹ．ㄉㄡ

고속철도

12 배 船
ㄆㄝ

배

13 요트 帆船
ㄧㄡ．ㄊ

요트

14 페리 郵輪
ㄆㄝ．ㄌ

페리

15 비행기 飛機
ㄆㄧ．ㄏㄝㄥ．ㄍㄧ

비행기

16 헬리콥터 直升機
ㄏㄝㄹ．ㄌㄧ．ㄅㄡㄅ．ㄊㄛ

헬리콥터

蔬菜 →

1 야채 蔬菜
ㄧㄚ.ㄘㄝ

야채

---

2 오이 小黃瓜
ㄡ.ㄧ

오이

---

3 무 白蘿蔔
ㄇㄨ

무

---

4 당근 紅蘿蔔
ㄊㄤ.ㄍㄣ

당근

---

5 양파 洋蔥
ㄧㄤ.ㄆㄚ

양파

---

6 배추 白菜
ㄆㄝ.ㄘㄨ

배추

---

7 양배추 高麗菜
ㄧㄤ.ㄆㄝ.ㄘㄨ

양배추

---

8 가지 茄子
ㄎㄚ.ㄐㄧ

가지

---

9 버섯 菇
ㄆㅎ.ㅅㅎㄷ

버섯

10 고구마 地瓜
ㅎㅈ.ㄍㅅ.ㄇㄚ

고구마

11 감자 馬鈴薯
ㄎㄚㄇ.ㅃㄚ

감자

12 토마토 蕃茄
ㄊㅈ.ㄇㄚ.ㄊㅈ

토마토

13 고추 辣椒
ㄎㅈ.ㄘㅅ

고추

14 콩 豆
ㄎㅅㄥ

콩

15 콩나물 豆芽菜
ㄎㅅㄥ.ㄋㄚ.ㄇㅅㄌ

콩나물

16 밤 栗子
ㄆㄚㄇ

밤

水果➔ 讀一讀，寫一寫，把這些字都記下來吧！ MP3-47

1 과일 水果 ㄎㄨㄚ．ㄧㄹ	과일	
2 사과 蘋果 ㄙㄚ．ㄍㄨㄚ	사과	
3 배 梨子 ㄆㄝ	배	
4 바나나 香蕉 ㄆㄚ．ㄋㄚ．ㄋㄚ	바나나	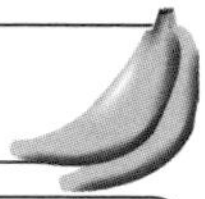
5 포도 葡萄 ㄆㄡ．ㄉㄡ	포도	
6 딸기 草莓 ㄉㄚㄹ．ㄍㄧ	딸기	
7 수박 西瓜 ㄙㄨ．ㄅㄚㄱ	수박	
8 파인애플 鳳梨 ㄆㄚ．ㄧㄣ．ㄝ．ㄆㄹ	파인애플	

9 귤 橘子
ㄎㅡㄨㄹ

귤

10 석류 石榴
ㅅㅓ ㄱ. ㄌㅡㄨ

석류

11 파파야 木瓜
ㄆㅏ. ㄆㅏ. ㅡㅑ

파파야

12 키위 奇異果
ㄎㅡ. ㄩ

키위

顏色 →

1 빨간색 紅色
ㄅㄚㄌ.ㄍㄢ.ㄙㄝㄍ

빨간색

2 주황색 橙色
ㄘㄨ.ㄏㄨㄤ.ㄙㄝㄍ

주황색

3 노란색 黃色
ㄋㄡ.ㄌㄢ.ㄙㄝㄍ

노란색

4 초록색 綠色
ㄘㄡ.ㄌㄡㄍ.ㄙㄝㄍ

초록색

5 파란색 藍色
ㄆㄚ.ㄌㄢ.ㄙㄝㄍ

파란색

6 남색 靛色
ㄋㄚㄇ.ㄙㄝㄍ

남색

7 보라색 紫色
ㄆㄡ.ㄌㄚ.ㄙㄝㄍ

보라색

8 분홍색 粉紅色
ㄆㄨㄣ.ㄏㄨㄥ.ㄙㄝㄍ

분홍색

9 자주색 桃紅色
ㄘㄚ.ㄗㄨ.ㄙㄝㄍ

자주색

⑩ 갈색 棕色 ㄅㄚㄌ.ㄙㄝㄱ	갈색		
⑪ 회색 灰色 ㄏㄨㄝ.ㄙㄝㄱ	회색		
⑫ 금색 金色 ㄅㅁ.ㄙㄝㄱ	금색		
⑬ 은색 銀色 ㄣ.ㄙㄝㄱ	은색		
⑭ 흰색 白色 ㄏㄧㄣ.ㄙㄝㄱ	흰색		
⑮ 검은색 黑色 ㄅㄛㅁ.ㄣ.ㄙㄝㄱ	검은색		
⑯ 진한 深色的 ㄐㄧㄣ.ㄏㄢ	진한		
⑰ 옅은 淺色的 ㄧㄛ.ㅀㄣ	옅은		

時間、季節 ➔

讀一讀，寫一寫，把這些字都記下來吧！ 🎧 MP3-49

① 월요일 星期一
ㄨㄛ．ㄉ一ㄡ．一ㄹ
월요일

② 화요일 星期二
ㄏㄨㄚ．一ㄡ．一ㄹ
화요일

③ 수요일 星期三
ㄙㄨ．一ㄡ．一ㄹ
수요일

④ 목요일 星期四
ㄇㄡ．ㄍ一ㄡ．一ㄹ
목요일

⑤ 금요일 星期五
ㄎ．ㄇ一ㄡ．一ㄹ
금요일

⑥ 토요일 星期六
ㄊㄡ．一ㄡ．一ㄹ
토요일

⑦ 일요일 星期日
一．ㄉ一ㄡ．一ㄹ
일요일

⑧ 새벽 凌晨
ㄙㄝ．ㄅ一ㄛㄒ
새벽

9 아침 早上
ㄚ.ㄑㅡㅁ

아침

10 점심 中午
ㅊㄛㅁ.ㅜㅡㅁ

점심

11 오후 下午
ㅈ.ㄏㄨ

오후

12 저녁 晚上
ㅊㄛ.ㄋㅡㅇㄱ

저녁

13 봄 春
ㄆㅈㅁ

봄

14 여름 夏
ㅡㄛ.ㄌㅁ

여름

15 가을 秋
ㄅㄚ.ㄦㄹ

가을

16 겨울 冬
ㄅㅡㄛ.ㄨㄹ

겨울

動物 →

1 쥐 老鼠
ㄐㄩ

쥐

2 토끼 兔子
ㄊㄡ．ㄍ一

토끼

3 뱀 蛇
ㄆㄝㅁ

뱀

4 양 羊
一ㅊ

양

5 닭 雞
ㄊㄚㄱ

닭

6 개 狗
ㄎㄝ

개

7 여우 狐狸
一ㄛ．ㄨ

여우

8 고양이 貓咪
ㄎㄡ．一ㅊ．一

고양이

9 원숭이 猴子
ㄨㄣ．ㄙㄨㅇ．一

원숭이

⑩ 소 牛 ㄙㄡ	소	
⑪ 돼지 豬 ㄊㄨㄝ˙ㄐㄧㄧ	돼지	
⑫ 기린 長頸鹿 ㄎㄧ˙ㄌㄧㄣ	기린	
⑬ 악어 鱷魚 ㄣˇㄚ˙ㄍㄛ	악어	
⑭ 말 馬 ㄇㄚㄌ	말	
⑮ 코끼리 大象 ㄎㄡ˙ㄍㄧ˙ㄌㄧ	코끼리	
⑯ 거북이 烏龜 ㄎㄛ˙ㄅㄨ˙ㄍㄧ	거북이	
⑰ 개구리 青蛙 ㄎㄝ˙ㄍㄨ˙ㄌㄧ	개구리	

數字→

MP3-51 漢字音數字 MP3-52 固有語數字
MP3-53 漢字音數字、固有語數字、中文

	0	1	2	3	4
漢字音數字	영 ㄧㄛㄥ	일 ㄧㄹ	이 ㄧ	삼 ㄙㄚㅁ	사 ㄙㄚ
固有語數字	공 ㄎㄨㄥ	하나 ㄏㄚ．ㄋㄚ	둘 ㄊㄨㄹ	셋 ㄙㄝㄷ	넷 ㄋㄝㄷ

	5	6	7	8	9
漢字音數字	오 ㄡ	육 ㄧㄨㄱ	칠 ㄑㄧㄹ	팔 ㄆㄚㄹ	구 ㄎㄨ
固有語數字	다섯 ㄊㄚ．ㄙㄛㄷ	여섯 ㄧㄛ．ㄙㄛㄷ	일곱 ㄧㄹ．ㄍㄡㅂ	여덟 ㄧㄛ．ㄉㄛㄹ	아홉 ㄚ．ㄏㄡㅂ

	10	11	12	13	14
漢字音數字	십 ㄒㄧㅂ	십일 ㄒㄧㅂ．ㄧㄹ	십이 ㄒㄧㅂ．ㄧ	십삼 ㄒㄧㅂ．ㄙㄚㅁ	십사 ㄒㄧㅂ．ㄙㄚ
固有語數字	열 ㄧㄛㄹ	열하나 ㄧㄛㄹ．ㄏㄚ．ㄋㄚ	열둘 ㄧㄛㄹ．ㄊㄨㄹ	열셋 ㄧㄛㄹ．ㄙㄝㄷ	열넷 ㄧㄛㄹ．ㄋㄝㄷ

	15	16	17	18	19
漢字音數字	십오	십육	십칠	십팔	십구
固有語數字	열다섯	열여섯	열일곱	열여덟	열아홉

	20	21	22	23	24
漢字音數字	이십	이십일	이십이	이십삼	이십사
固有語數字	스물	스물하나	스물둘	스물셋	스물넷

	25	26	27	28	29
漢字音數字	이십오	이십육	이십칠	이십팔	이십구
固有語數字	스물다섯	스물여섯	스물일곱	스물여덟	스물아홉

	30	40	50	60	70
漢字音數字	삼십 ㄙㄚㄇ.ㄒㄧㅂ	사십 ㄙㄚ.ㄒㄧㅂ	오십 ㄡ.ㄒㄧㅂ	육십 ㄧㄨㄱ.ㄒㄧㅂ	칠십 ㄑㄧㄹ.ㄒㄧㅂ
純韓文數字	서른 ㄙㄛ.ㄌㄣ	마흔 ㄇㄚ.ㄏㄣ	쉰 ㄒㄩㄣ	예순 ㄧㄝ.ㄙㄨㄥ	일흔 ㄧㄹ.ㄏㄣ

	80	90			
漢字音數字	팔십 ㄆㄚㄹ.ㄒㄧㅂ	구십 ㄎㄨ.ㄒㄧㅂ			
純韓文數字	여든 ㄧㄛ.ㄉㄣ	아흔 ㄚ.ㄏㄣ			

	百	千	萬	億	
漢字音數字	백 ㄆㄝㄱ	천 ㄘㄛㄣ	만 ㄇㄢ	억 ㄛㄱ	

韓語鍵盤對照表→

　　有不少人是為了上網搜尋偶像訊息或購物而學韓語，在這裡教你簡單的韓語鍵盤輸入法，保證讓你輕鬆買到好東西！

韓語輸入法設定：（適用於一般PC作業系統）

1. 控制台 > 地區及語言選項 > 語言 > 詳細資料
2. 按下「已安裝服務」中的新增
3. 新增輸入法語言 > 選韓文 > 按確定
4. 最後按確定就完成了！

　　按 Shift ＋ Alt ，就可以在自己的電腦打出韓文囉！如果還是覺得操作上有障礙，那就叫出手寫板，「畫」出韓文吧！

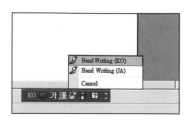

國家圖書館出版品預行編目資料

超入門韓語字母教室 全新修訂版 / 繽紛外語編輯小組編著
--修訂初版--臺北市：瑞蘭國際, 2015.09
80面；17 x 23公分 --（繽紛外語系列；49）
ISBN：978-986-5639-41-9（平裝附光碟片）
1.韓語 2.字母 3.發音

803.24   104017981

繽紛外語系列 49

超入門**韓語字母教室** 全新修訂版

作者｜繽紛外語編輯小組・審訂｜金玟志・責任編輯｜潘治婷、王愿琦・校對｜潘治婷

韓語錄音｜朴芝英・中文錄音｜潘治婷・錄音室｜純粹錄音後製有限公司
封面設計｜劉麗雪・版型設計、內文排版｜張芝瑜・美術插畫｜張君瑋

董事長｜張暖彗・社長兼總編輯｜王愿琦
編輯部
副總編輯｜葉仲芸・副主編｜潘治婷・文字編輯｜林珊玉、鄧元婷
特約文字編輯｜楊嘉怡・設計部主任｜余佳憓・美術編輯｜陳如琪
業務部
副理｜楊米琪・組長｜林湲洵・專員｜張毓庭

法律顧問｜海灣國際法律事務所　呂錦峯律師

出版社｜瑞蘭國際有限公司・地址｜台北市大安區安和路一段104號7樓之一
電話｜(02)2700-4625・傳真｜(02)2700-4622・訂購專線｜(02)2700-4625
劃撥帳號｜19914152 瑞蘭國際有限公司・瑞蘭國際網路書城｜www.genki-japan.com.tw

總經銷｜聯合發行股份有限公司・電話｜(02)2917-8022、2917-8042
傳真｜(02)2915-6275、2915-7212・印刷｜科億印刷股份有限公司
出版日期｜2015年09月初版1刷・定價｜120元・ISBN｜978-986-5639-41-9
　　　　　2019年03月二版1刷